硝子のあひる

浦河奈々
歌集

短歌研究社

硝子のあひる*目次

Ⅰ　硝子のあひる

硝子のあひる　12
ジョーカー　19
金色堂　23
信　号　26
フォロ・ロマーノ　29
犬　32
血　35
白馬にあらず　37
うなぎやのアロワナ　41
五箇山　44

火山灰の下　46
バリケン　49
閖上　52
灰の中　54
かすみがうら　56
透きとほるやみ　58

Ⅱ　地下より出でて

壁　62
カーネーション　65
浮浪児　68
ガラス玉　70

水滴 73
隠れ家 75
隧道 77
東尋坊 79
忍野 82
地下より出でて 84
鬱金のゆめ 87
魚の手 90
海星の群れ 92
茅 95
スワンの仔 98

Ⅲ　版画になつた波

木乃伊でも　102
白きおもざし　104
翠の角　107
島　109
あさがほ　112
冬のひと　115
スノードロップ　117
エドヒガン　120
たましひの贄　123
写　真　126

版画になつた波　129
エキスポセンター　136
壜の深緑　138
啼　兎　140
ウサギゴケ　142
プネウマの風　145
白いタオル　147
ゆふがほの闇　149

Ⅳ　ほの白き梅林のなかで

もちつこ　152
蝶のからだ　156

あぎとふ 160
たますだれ 163
まつしろみー子 166
真夜中のタブレット 168
電光たけのこ 170
用心棒 173
ヴィータ 175
狐　眼 178
ほの白き梅林のなかで 182
胡桃のお父さん 185
温められて 187
ペリット 189

薔薇の親　192
渦の中　195
炯　炯　198
烏羽玉　201
キナリノ　203
いのち　210

あとがき　214

装幀　花山周子

硝子のあひる

Ⅰ　硝子のあひる

硝子のあひる

スワロフスキーの硝子のあひる口あけてなにか訴ふ飾り棚の中

宅急便夜間指定をしたるゆゑくらやみに手探りで捺印せり

帰宅難民のふたり一晩ともに歩き結ばれしとふ原始のやうに

子孫繁栄ねがふ数の子に箸つけるわれに子はなくじんわり見らる

手も足もなくてかうべをもたげたる巳年のくちなは神秘のかたち

スワロフスキーの硝子のあひるの尻ねらふ笠間から来し箸置きのわに

瘤白鳥おのれをしらねど夕風に吹かるる羽は薄氷に似る

活けし枝折れて（だめだ）と思へどもなほも指《および》は枝接ぐやめぬ

しどみの花が血のごとあかき苦しみは残らずあかきことのみ残る

土手の途中に銀のワカサギ散乱す死はなにゆゑか知らねど光り

霙降り小さきシジフカラやつてくる　小鳥は濡れても死なないもので

シジフカラ飛び来る力ひまはりの種ごと缶の蓋ひつくりかへる

「ゆるされない」と誰かいひけり喪服なる人々のなか靴脱ぎをれば

柴犬は猫にも近き性《さが》なれば媚びずときけど愛は要るべし

飼はないかといはれて否と応へたり愛《かな》しきものは心苦しく

いそいそと亡母《はは》の針箱出してきてボタンをつけろといふ父痛し

みづ散らし三羽の白鳥とびあがる黒みづかきの脚はがにまた

白鳥の巨きくふしぎな造形美ぽかりと浮かぶ暗き水面

ジョーカー

ほの紅き梅のつぼみの尖割《さき》れて押し出されつつある乳のいろ

バズーカ砲のやうなカメラを肩にのせ梅のあはひを歩みゆく夫《つま》

苔梅の太枝切られし切り口の赤銅色がおのれを語る

ジョーカーわれキングの隣に抜かれゆく悔しさは凝り蒼白く燃ゆ

読み手がだれもゐなくなつても私は書いてるだらうといひし作家よ

春彼岸亡き母の墓にみつしりと花の砦が築かれてをり

母は仏になりて微笑みなどすまい呆然と風に流されをらむ

亡き母が陶のカップに描きたるふくろふあはれ凧のやうなり

喇叭水仙〈ガーデンジャイアント〉を呑まむヒドラのやうな大雪柳

原種系チューリップの首伸び始め春にはつよき伸びゆく力

金色堂

蓮台を大地のやうに踏み締めて揺らぐことなき菩薩のはだしよ

唐草文の檻のやうなる華鬘にてかりようびんがの静かなる笑み

くらぐらと遠くちひさく金色《こんじき》の御堂は泛ぶわが空洞に

龍泉洞

地底湖にライト当たればぞつとするみづの真青き眼がわれを見る

鍾乳洞のやみに犇くかうもりの小さき髑髏のかほを幻視す

骨寺《ほねでら》村荘園遺跡にからからと暮らさむ骸骨のひとびと想ふ

信号

赤き瞳《め》にわれを止める信号は無表情にてかすか安らぐ

茶を注《つ》がれ会釈をすればまた注がれまた会釈する客人われは

夫であるきみをかなしむ私は八重咲き奇《く》しき十薬として

花壇のすみに生えたかぼそきアスパラを茹でて食せばまた生えてくる

ブルーベリー小鉢一杯摘んできて昼寝の夫の腹の上《へ》に置く

つながつてゐる地下駅の改札をシャボン玉飛ぶやうに抜けたり

フォロ・ロマーノ

木のうへのいづこにかある鳥の巣の見つからぬまま梅雨に近づく

公園の巨きなこの樹、ひとの手で枝を切られてゐたと気づいた

巨いなる桂のまへを過《よぎ》るとき気づけば自然に会釈してをり

水切りの石にするどく抉られていたみに醒むる沼の面《おもて》は

ピサの斜塔がずつこけてゐるといふひとはゐないだらうよ時が重くて

フォロ・ロマーノ彷徨ひながらうたひたし滅べど遺るものへの頌歌

新しく家に来れるプリンターつるりと黒き沈黙の箱

クレマチス園に進みのちがふ時間の花あまた咲きゐてわれ一人みる

犬

フランシス・ベーコン展

画のなかの鋼鉄の夜を渡りゆくほの白き孤影を犬といふ

銀めがね潜《かづ》きつづけるたましひは会話の劣位をいつか抜けゐし

おのれのみ抱きて首まで浸かる夜の湯をセメントのごとくおもへる

ボトルにはうらとおもてがつねにあり裏には蟻のやうな文字が張りつく

暗黒の海風に水仙の葉むら激しくそよぐ〈われ〉を覗けば

うすあかりの墓はやさしい昏昏とゼリーの底に海老は沈めり

まんじゆしやげの赤くて繊き蕊を這ふ黒蟻はラビリンスの旅人

血

丙午忌まれて堕胎もありしとふ昭和生れのひのえうまわれ

フュースリの夢魔なる馬は白目剝きわらへるごときかほ劇《はげ》しかり

衰へたるゆゑ家ぢゆうを描《か》くといふ執着かなし父の血、わが血

薄情の歌詠む娘われのため父がオレオレ詐欺にあふことはなし

不可逆的菊人形のわたくしは〈時〉と添ひ遂ぐるこころ持つべし

白馬にあらず

父といふ生命体に切実のみづ届ければまだ遺りをり

ナンバンギセルの一家はゐるかと大株の薄のぞけば根元にゐたり

日の当たる斜面に蕊出し咲いてゐるコヒガンバナに憑くものは来よ

馬とは巨大でうごく筋肉なまなまと東山魁夷の白馬にあらず

ぢりぢりと逆剝けてゐる幹のもと自生とおもふ石蕗の群れ

おもふとはそれに注意を向けること〈愛〉といはねど何かは変はる

すつくと伸ぶる茎のすべては花ひらく金の時計のやうなつはぶき

球根のこころはなほも腐りえず乏しきひとよのあかしをのぞみ

いちじくのやうなる鴨は羽ばたいて飛び始めれば平たくなりぬ

うなぎやのアロワナ

うなぎやのアロワナ目玉動かしてゆるりと水槽の角を廻りぬ

鶏頭の茎なるものよ　みつしりと毟られるため生えたるや葉は

曲りドラセナ和名紅覆輪千年木、名に守られて繁りゆく葉よ

十月の骨まで赤いはうきぐさ身体は時間に引き摺られゆく

ビニールプールの御玉杓子の群れのなか爪ほどの骨の蛙は浮けり

衛へきれずに落としたベリーをあきらめず舞ひ降りてきて齧る雀や

五箇山

らせん状に茸は幹を駈けのぼる雨模様なる樹間をゆけば

つたはるといふふしぎあり絶え間なくこの世のあはひを吹いてゐる風

流刑者の「お縮小屋《しまり》」を見にゆけり　にんげん縮む惨さをおもふ

原始合掌造りはふかく雨を吸ふ泥の生き物となりて息づく

火山灰の下

「山にのぼる」と誰にもいはず埋もれたるひとの孤独や　火山灰の下

みな右に頭をあぐる洞峰沼の亀の意識はつながりをらむ

「ひとりではなにもできない娘」われに旦那と来たのかと問ふ父よ

牡蠣飯に三つ葉は香り老い父はらうらうと思ひ出のみを語りぬ

育ちゆくいのちの濃さに圧されつつ水平に差し出すお年玉

噴水のみづはまざまざ時を彫《ゑ》るベンチに父のやうなきみがゐて

バリケン

常磐道に入ればわたくし切り替り風の流れをよむ眼となりぬ

波立てて迫るジョーズに似た車まうしろにゐて車線変更す

バリケンが産みたる卵二十ほど鳥の群れに喰ひ尽されし

人間《じんかん》にひそまる怒り、どくだみの十字がやぶに鏤められて

生きようと沼に漁《すなど》る鴨たちがこまやかに鳴らすくちばしの音

鍼治療うけてふくらむ眼にみたる水槽のヌマエビがよく動く

ユウカメロン蒼く蕩ける味はひのその名をいつか〈幽果〉と想ふ

閖　上

閖上のそら高きかな慰霊碑のまへには同じ苗字がならび

おなじ苗字のひと幾人も記されし名前それまでは家族だつたよ

疎らなる松の木ほそく立ちすくみ怖かつた海をけふもみてゐむ

灰の中

投じたる〈わたし〉木の葉と成り果てきりきり舞ひののち漂へる

生きてゐればなにかが積つてゆくことの灰の中にて瞳《め》をみはりゐき

怒りとは痛み、いたみはかなしみで、こころはぽつねんと丘のうへ
手のひらで踊る小人にされぬやうなつかしいくらゐ遠くから愛す

かすみがうら

リビングでまづ亡母拝む習慣のチャッカマンにて線香つけぬ

臨界はひとにもあらむとおもひつつ無策のわれら食事にゆけり

食べ物も花も持ち込めぬ病院に生《なま》のこころを揺らし見舞へる

向かうの窓に平たく伸びてゐるみづに「かすみがうら」と呟く父は

をとめのものならざる白きコルセット嵌めて入院の老い父むなし

透きとほるやみ

露地もののあたま締まれるアスパラガス嚙めば滲《し》み出す味〈生《ヴィ》〉といふ

建築用ホッチキスの重たき音が炎昼の蟬時雨を穿つ

真つ白な虫がちりちり生をさぐるやうなゆびさき土方巽

ただそこにゐることですら戦ひで椿は舐めるやうに見られる

流れにはつね抗へど勝てる術なければやがて透きとほるやみ

白鳥の長きくび水にもぐるとき顕れ出でよニケの背中は

Ⅱ　地下より出でて

壁

もうずつと生まれる順を待つてゐる真白きまひるの壁にもたれて

その組でいちばん小さいわたくしは「前にならへ」をしたことあらず

クロッカスのつぎは杏子の花を食ふ鵯の腹みづで撃ちたり

組み合ひて引き摺り落とすまで終らざる少女時代の騎馬戦あはれ

「安保法施行」なるゴシックの巨大文字新聞にありてまなこ傷めり

八十の姑《はは》への服をえらびつつ亡母には来ない時間をおもふ

造成池にきれいな翠の亀がゐてひれ振るといひき若かりし母は

カーネーション

さはさはと揺れる河原の撫子の子孫であるよカーネーションは

球状のアルマジロなりし亡母の血にわれも口惜しきアルマジロならむ

ああ滝のうらがはに入るよろこびは滝の向かうが仄明るきこと

相模原事件

十九人ころした二十六歳の男の静かなる家と庭木よ

ゴミ捨て場に咲いてるアガパンサスのことクレマチスとふ君をかなしむ

みづからもあなたも解《ほど》けてゆかぬやう残生の碧きあやとりつづく

浮浪児

鳥交る老い父をみなに連れられてひとひ花見をしてきたといふ

箒草たがひの間を埋めるためふさふさとして膨らむみどり

どうしても西瓜のしろいところまで食べてしまふわれのなかの浮浪児

美味しいから虫に食はれた紫蘇の葉はトリミングして薬味に使ふ

無花果をわれば誰かが中心に籠められしやうな実のなかの花

ガラス玉

リオデジャネイロ・オリンピック二首

電光のやうに飛びかふ卓球の白くてかろき玉ならむあはれ

あの撓る刃光《はくわう》のやうなうつくしさ何度でもみたくて録画を戻す　男子体操

〈大事なもの〉入つた虹色のかみぶくろ小脇に抱へて父外出す

介護シューズと天瓜粉買ふわたくしの傍らに梟のごとき父かも

老い父と夫坐らせてスターバックスの長蛇の列に並びたるわれ

ガリレオ温度計のうちなるガラス玉のわれ沈んでゐたり秋は遠くて

物干しにぎんいろの巣をかけてゐし蜘蛛いつのまにかゆふがほに居り

水滴

水滴がワイパーに追はれ逃げていく否、つぎつぎと旅立つてゆく

土砂降りのましろき水に打たれつつ奔る車のなかに呼吸す

見上ぐれば曇天に伸ぶる枝の傘ひとより古くて巨きないのちよ

奥社参道〈皮を剝ぐな〉と札ありて大杉の檜皮《ひはだ》色なる裂け目

露天風呂のくらき湯の面《も》に落ちてくる雨をみてをり　ひとはしぶとい

隠れ家

晩年のアンネ・フランク隠れ家に暮らしたこころ風は伝へよ

その背《せな》にかろき木乃伊となりし子を背負ひ続けるチンパンジーの母

ヘッドライトに金の標識浮き出づる矢印はいのちの道しるべかも

毛氈苔とうめいな露はただそこに獲物をもとめ潤みてゐたり

ロモノソフ海嶺一生《ひとよ》みること叶はねど在るを想ふなり海図をみれば

隧道

マヤ遺跡に生きて抉られし心臓の供物台あり　かたちかはゆし

昼下りくびを仕舞ひてただよへるスワンは静かな浮島として

〈くぢらの腹〉に入ればぎらぎら隧道を昇ってきたる対向車の眼

根が溶岩をまく苦しさか赤松はまつぼつくりを沢山つけて

せみ一体逆さにかかる蜘蛛の巣の傍らをうごかざる金の蜘蛛

東尋坊

〈大池〉とふ海の眼球に舟は入りしばし留まり観光するも

柱状節理冷えたるマグマの削がれたるのちうつくしくによきによきと在り

〈いのちのでんわ〉ボックス透けてごちゃごちゃと煙草と聖書と手書き文字みゆ

〈いのちのでんわ〉ここに来たりし極限のひとに臭ふべき汗を想へり

落日のとき鳴き出づる蟬声よじんじんじんじんと沈みゆく陽は

まだ生きてゐるわれは岩場に東尋坊の日没待ちて蚊にくはれをり

磯の上に烏賊を食みつつ車座で日の入り待てるをのこらあはれ

夕映ゆるプテラノドンの威容にて双翼はとほく叫《おら》びてゆきぬ

忍野

終電車よるを奔れる車中にて人みなしづかな離島なるべし

裏柳色のトレーナーの少女より受け取る「忍野《おしの》」とふ名の酒を

透明なガラス愛すれど自らが透明になりたきわけにはあらず

不動堂かあんと通る銅鑼の音《ね》や桜はひとに気づいてしまふ

舞ひ上がりながら囀り振り絞る雲雀の春はむごくかなしき

地下より出でて

アツモリサウ母衣《ほろ》のふくらみ花となりかほを向けくる死せる敦盛

ひと叢となりて孤独は去りたるかふつくらとまへを向く敦盛草

沼のきはのぼる朝日に一本のカヘデは叫びながら燃えてゐる

小千谷にて

色といふさだめを生きる錦鯉〈泳ぐ宝石〉の無心うつくし

帆のごとく真つ直ぐな背の両がはの鱗のうちに肉は充ちをり

マヤランは根茎のみのおのれの身、地下より出でて茫然と咲く

鬱金のゆめ

挿花

われかつて万年青の株に母のごと赤き葡萄の胎児抱かせし

穴を掘るのが好きなおまへといふきみよ　椿をふたつ植ゑかへたれば

ホバリングしながら囀る揚げ雲雀、小さいヘリコプターがんばつてるね

シルヴァスタイン『ぼくを探しに』

だれとも遊べぬシルヴァスタインの〈ぼく〉ありて隣の芝生に置かれてゐたり

骰子《さい》を振るやうに一人で降り立ちてみどり烈しき門を潜りぬ

七月のわれ鬱金《うつこん》のゆめのなかシジフカラ来て水浴びをする

魚の手

おのれを削り結晶伽藍となりにける雪のこころは知らるるなかれ

魚《うを》の手はからだのなかに籠められてその身悶えが水を掻くらむ

魚の手はまぼろしなれば水草に隠れてひそとまなぶたを掻く

海星の群れ

会場にたどり着けざる夢にゐてゴヤの「魔女集会」をみてをり

骨のやうに白いレースのブラウスが流行る今年の梅雨のあとさき

森のなかに切り株が祀られてゐてあれはわたしと思ひたる夢

ある晴れた日のフォークロア調チュニックに海星の群れが棲みついてゐる

一つ屋根の下にてきみとわたくしは二枚重なる硝子絵のやう

かはせみをみつけたきみは連写するかすかな熱を放射しながら

茅

木製の小さな駅で電車待つわがこころアンドロメダにはあらず

悔しさに白熱したる手も足もあたまも蕩けて蛇となりゐき

感情がおのれを壊すことありてしづかに上澄みのわれに変はりぬ

展望台それよりうへもさきもなくそよそよ茅のうたつてゐたり

「がんばりなさい」の響きの底に温もりを探りし記憶よ硝子壜のわれ

ソファの上の黄色い毬はクッションといはれ怪しさはふつと消えしを
コニファーの緑のなかのシジフカラ黒きのみどをきゆつと掲げて

スワンの仔

まだ蟬の啼く森の土踏みしめる蒲の穂絮のやうなるわれは

松果体ほそく開《あ》けつつ真つ白な冷たい霧の中うづくまる

病院前の灼けたアスファルトのうへをあはれ青蛙ひとつ跳ぶみゆ

ダックスフントは濡れた黒目の頭《づ》を振りひとを見ながら曳かれてゆきぬ

ゆふがほの蕾はドリルのかたちにて咲きたるのちの運命を問ふ

スワンの仔もみぢのやうな水搔きで陸《をか》に上がりてストレッチする

Ⅲ　版画になつた波

木乃伊でも

待合室に父と並んで坐りをりわが胸の渦はちひさく畳み

老い父は付き添ふわれが木乃伊でもたぶん一向にかまはぬだらう

白き紙に医師はさらさら臓器描き黒き点打ち病変をいふ

白きおもざし

麻雀は四人家族の遊びにて遥かな昭和の正月あはれ

すずめすずめと〈中《ちゅん》〉を揃へて楽しけれ家族麻雀のわれは十歳

呼吸根出さずにをれず落羽松あやしきすがたで沼地に生きる

大いなる切り株めぐり陽の中に戦げる繊き黄の花の群れ

襟もとの楕円のカメオに息衝ける横向きのをみなの白きおもざし

四十雀の鳴き分くるこゑ自然《じねん》なり己烙かるる火を想ふなく

この色をみて蘇れ点滴の父のベッドに広げるマティス

転びたるまま静止する老い父と小石の娘、雨に打たれる

翠の角

しやがみ込み黒く湿れる靴のなか覗く奇《あや》しさよ熊楠おもふ

ヒスイカヅラに吸はるるやうに近づけば翠の角がふと零れたり

「赤トンボのゼリーは食べてくれたかな」尋ぬれどあやふやに頭振る父

アイスバー亡母と並んで舐めてゐたあれはいづこの夏のわたくし

大空にまろくちひさき内臓を落とさぬやうにして鳩よ、飛べ

島

まんなかの空間少しづつ狭め机寄せればあらはれる島

海の観覧車に乗つてきたとふ女の子「神さまになつたみたい」といひぬ

水槽いつぱいガラスに書きなぐられてゐる値段の向かうに丸子は泳ぐ

＊丸子＝蘭鋳のこと

蜜を吸ふ蝶のやうに来て帰るわれ　毀れるまへにとプシュケが命ず

やはらかき尻の羽すこし黒くなりひよこは成鳥《おとな》に近づいてをり

よるに鳴く邯鄲のやうな老い父が「ボクは元気だよ」と留守電に

あさがほ

秋の朝ちひさきつばさ羽撃《はたた》かせバリケンのひなたち上陸す

ひるがほの濃き中心をぬくぬくと出で入る虻の金色の尻

青紫蘇の繁みたわみて揺れをるに中ですずめが実を食うてゐる

あさがほの秋の漏斗に白光の溜りくるめく天国の門

忘れれば白く皮膜の張るものを忘れえぬ傷はうみ溜めてゐる

グリム童話

〈手なし娘〉夜《よる》の果樹園歩み来てひつそり口で梨を捥ぎたり

冬のひと

咲いたよと声して見に行くヒガンバナむき出しのさみどりの茎は七本

ポリ袋は打ち上げられたくらげにも似てをり空《くう》なることを傷まず

飛ぶやうに売れる肉まん、冬のひとはまるくて柔くて温きもの好き

涸れ沢に重なる冬の岩の間をひとすぢの銀流れ出でたり

スノードロップ

鳴るレンジ開ければ透明な水差しに巨大なレンズのごと光るみづ

灰色の羽毛に黒目の目立つ子はもうひよこではなくふと禍禍し

ひよこではもうない灰色《グレー》のバリケンの子らは岸辺に寄り合つてゐる

つぎつぎと小さき錠前開《あ》くやうに咲きゆくスノードロップの春

老い父は風船のやうにふはふはとふはふはとエレベーターの前

森茉莉の『贅沢貧乏』読みながらうつつを鞣すまなこを欲りぬ

エドヒガン

長距離トラック二台の壁に挟まれてハッチバックは蹲りをり

十万キロとつくに越えた〈家族〉なり湿気に弱いハッチバックは

さくらほころぶ春の日仏壇を包みわれはつくづく初老のをみな

エドヒガンひかりに溶け入るやうに咲きもうすぐ私の実家なくなる

こぶのやうに夫のとなりにゐるわれは夫に出さるる茶を享けて置く

はなぶさは薄く目立たぬいのちなる野藤の覆ふ森のまぶしさ

たましひの贄

クレームに応へむために外しゐしマスクを掛けて出でゆくひとは
いま誰か生まれたやうに鮮やかな黄のクロッカスかなしき光

老い父の描いた「孫の絵」あづかつて持ち帰る（さうだつた）わたくしは伯母

〈6Pチーズ〉一切れ食べる木曜日けさのチーズは逆位置である

たましひの贄《にへ》なるからだ引き摺つてわたしはドクターショッピングする

地に近くスノードロップの小《ち》さき白けふまぼろしの希望のやうに

写　真

混沌と老い父暮らしそののちを空家となりし家の吐息よ

そこにあつたものわからねばなくなつたものもわからずとはに消ゆべし

写真《うつしゑ》に犬と笑まへる父母よ長く笑はぬこのわたくしは

写真は要らぬと言ひたるわれの愚かさよもはや写真にしか過去はなく

常磐線に立ちつつ見たり我が実家のありたるところぽつかりと穴

ゆきあひのわが生《よ》に娑婆の風吹きて老少女われは佇みてをり

版画になつた波

内がはで鳥の羽ばたく音がしてけむり噴きたるゆふぐれの車

ラジエーター壊れて車は入院す　師走のあした自転車に乗る

しろき息吐き手袋を脱ぎながらいふ「お早うございます」の朝《あした》よ

七宝焼きのやうにきれいな鴛鴦《をしどり》が陸にてきゆうと伸び上がるみゆ

あつといふ間にそれは割れたりよく似たる双つのグラスの色の濃い方

食器棚の奥より木乃伊のごと白く包まれスペアのグラス出できぬ

目閉づればちりちりちりちりと声はして庭に小鳥のくに顕れる

建蔽率に鋭《と》く応ふべきわが父はわれの隣で頷いてをり

大蚯蚓わが体内に暴れゐむわき腹赤く盛り上がる皮膚

不調とは寄せくる大波のやうだ　北斎の版画になつた波

目に沁みる青がみたくて散歩する道端にヤグルマギクが咲く頃

縦横に広がる芝生の透き間より立浪草があたまをもたぐ

大きなつばの麦わら帽子で庭に出てシジフカラの巣ばこ見守るあなた

はりつめた声で鳴きをるシジフカラ濃くて烈しきいのちなり、春

ひるの陽のなか洗濯物をたたみをれば仔犬のやうなじかん戻り来

温室に少し枯れてる繁みよりコンテリクラマゴケはゆびを伸ばせり

くるしみには鈍感になるほかはなく戴きし竹の子の土佐煮はうまし

バンクシーの傘さすネズミわが肩のうへの友となさばやこれは夢なれば

エキスポセンター

そのむかし「万博」に来てさういへば万博のあつたこの街に棲む

エキスポセンター子供のためのピンクの象ぱつかり割れて中はおすべり

真昼間のエキスポセンターさんさんとロケットの下に草を取る人

銀色の螺旋のオブジェのかざぐるまいっせいに回る　未来はそこに

壜の深緑

ペッパーが澄みたる声で話せるにあまたなるひと通り過ぎゆく

総合受付に行かうと近づきたるわれに「遊ばうよー」とふペッパーあはれ

はま寿司できみの生徒がペッパーとともに働く令和二年かも

わたくしはおとぎの家に棲んでゐる　ふしぎなことはこびとのしわざ

戻るべき家をなくしたたましひの滲《し》みたる色か　壜の深緑《ボトル・グリーン》

啼兎

梟の老父と木菟のやうな夫《つま》りやうがはにゐて啼兎われは

マリンスノーほの白く降る深海の映像はふるさとのごとく懐かし

深海に逝きて降りゆくプランクトン〈マリンスノー〉の夢みるわれは

「もう建つてゐるよ」とスマホ見せられる実家によく似た見知らぬ人の家

沼ありてかはゆき大鸛がシンボルのこの市とわれの縁《えにし》も消えぬ

ウサギゴケ

スプーンに珈琲豆を片寄せるとき立ち昇る静かな香り

やはらかき春の黄色の泡立ちて日向水木の向かうはみえず

透きとほるドームのうちに鉢一つウサギゴケ真白く凝りてをりぬ

「好きでしょ」とエゴン・シーレ画集指せば「もういいや」とふいろせ海松《みる》色

「マスクありますか」とレジに来る人にマスクのわれは首横に振る

ビブラフォン曇天を吸ひたるやうにくぐもる音の玉零れ出す

空の青と溶け合ふやうなネモフィラの丘は未来の無人なる星

プネウマの風

うたふことは射《いくさ》か刹那わがうちを吹きゆくプネウマの風は虹色

雨上りの虹を一緒にみた友は中三の子の母なるものを

臙脂色の海星のやうな巾着が開きつぱなしのロッカーを締む

うたふやうに「ジューシー肉まん下さい」といふ天人唐草色の眼の客

万象を掬ふほとけの掌《て》のやうな缶ごみの箱には厚きビニールを

白いタオル

ゆふぐれの病院の車椅子のうへ父は茫然と坐つてゐたり

車椅子押し始めればわれの胃のあたり漂ふ父のあたまは

車椅子押すわれは斜め前にゐる父見てゐるがかほは見えない

白いタオルに包《くる》まれて寝る父のそば点滴袋は銀色に光《て》る

夜の病院　虫鳴いてるねといふわれにそんなの聞こえないといふ老い父は

ゆふがほの闇

孟秋のゆふべ疲れしわれの視るお化けゆふがほ、ゆふがほの闇

〈ガリガリ君〉齧りつつテラスの夕顔のしづかな白をみる神無月

われはもう天青石にて深閑と愛することを忘れ果てたり

愛すること忘れたわれは薄ら陽のキッチンにきみのフリース撫でる

天人五衰の予感はとほく薔薇色に輝《て》りながら舞ふ羽生結弦は

Ⅳ　ほの白き梅林のなかで

もちつこ

庭先につよく囀るシジフカラ去年の巣箱に生まれたる子か

白くて丸く元気さうなシジフカラを〈もちつこ〉と呼ぶ

もちつこが青い陶器の入れ物をのぞいてゐれば種入れてやる

一日にひまはりの種はカップ一杯されど雀も来て食べるなり

真つ赤なる世界地図にみる「パンデミック」その奇《あや》しさは肉を持ちたり

テレワークの夫に給料大丈夫?と訊《き》くお金のなくなる恐怖に

感染し死ぬかもしれない恐怖よりお金なくなる恐怖が近し

口腔が痺れつづけて裏返りさうなわたくしと「パンデミック」

パートしてテレビみて寝る日常を痺れたる口腔《くち》が嘘だと告げる

コロナにてホームのガラス窓ごしに会ふ父、よかつたわれ見て笑ふ

名づけえぬわれの不調はひそやかな渦のはじまりかも万物流転《パンタ・レイ》

もちつこはジューンベリーの巣箱のぞき、やがて籠りて出で来ずなりぬ

蝶のからだ

みごとなる白髪の人ベンチにてスマホに指を躍らせてゐる

たんぽぽの半透明のたねの玉うすす玻璃のグラスのやうに密やか

挟みゐし指《および》ほのかに光りをりこの鱗粉も蝶のからだにて

白魚のひかりまがなし科ありて海に咲きたる
さくらと思ふ
水原紫苑

アマビエは髪なびかせて海に咲く真白き桜みつめをりけむ

丘のうへは夢幻のほの白さ、ああ桜だとふもとに見上ぐ

さかしまの桜の幹はくろぐろとみづに息衝くをろちの腹か

デュマ「鉄仮面」

双子の兄に死ぬまで仮面被せよと命ずる王の心にれかむ

手のひらを差し出すひとに応へえずトレイにお釣りを載せて差し出す

透明なシートのうちにマスクして金数へをりパートのわれは

あぎとふ

いううつな朝《あした》コツコツ音はしてシジフカラ向日葵のたね食べてゐる

迷宮のミノタウロスの贄なれどうたひやまざるアテナイの子よ

鋭敏に飛び去りたがる日雀ひとつわが胸腔に籠めて歩めり

「亡き王女のためのパヴァーヌ」聴いてをりこの旋律なる死は甘美なり

旧約のヨブ記をおもふ口腔もあたまもまぼろしの砂にまみれて

痺れたるわが口腔は鯉の口ひごと奄奄《えんえん》となりてあぎとふ

たますだれ

雨の朝シジフカラ来たかと餌台を覗けばびしよ濡れ雀がゐたり

この春は押しつよくなりし四十雀「パンデミック」なんて知らないと鳴く

灰色の〈おとなこども〉に育ちたるバリケン六羽のゆるぶ木陰よ

緑園に立ち尽したるシチズンの時計が教へてくれる「今」かも

咲かざりし朝顔の鉢に踏まれつつ泪のやうなたますだれ咲く

トイレットペーパー三個となつた新聞は生きてゐるひとの思惟のかたまり

からまれたらほつとけといふコメンテイター　朝の痛み止め呑みながら聞く

まつしろみー子

きみが一人で撮つてきたかはせみの雌を「まつしろみー子」と名付けるわれは

夕ぐれの松代公園訪《おとな》へば「まつしろみー子」は橋の下にをり

「まつしろみー子」に「あかつかみー太郎」紹介してやりたけれどもわたくしは人間《ひと》
三脚担いでけふも「みー子」にあひに行くきみ快く送り出すわれ

真夜中のタブレット

去年生まれてそのほとんどがひなのまま消えてしまつた水辺の時間

さかしまのさくらの水面やはらかく水紋ゑがきバリケン泳ぐ

わが受苦を語りきかせる吾子もなし初老の女われ噤《つぐ》むのみ

真夜中のタブレット映すイラストの包帯巻いた金魚はわたし

電光たけのこ

竹藪に育ち過ぎたる人ほどの焦茶の竹の子ぬつと立ちをり

藪漕ぎをしつつ入りたる竹やぶの底に茶色きあたまを探す

小振りだがきれいな象牙色のみえる竹の子一つぞつくりと掘る

掘つたとき電光のやうに思ひ出す亡母《はは》が竹の子掘りたがつたこと

竹の子を掘りたがる母のむらむらがただ怖かつた昔のわたし

お母さん、子を守《も》ることなき私は小鳥の巣箱守つてゐます

用心棒

ゼームス坂おもへば檸檬の香りする智恵子は現代《いま》なら治つたらうか

われに戻れば忽ち病みはじめるわれをけふも汲み出す巨き柄杓で

懸賞はがき当たらず金の卵生めずみつしり芽吹いた小松菜間引く

用心棒のやうに立て掛けられてゐるレインスティックに眠る音楽

きらきらとさざめく水面を背景に碧き石のごとかはせみ居たり

ヴィータ

廃車近きヴィータと駐車場に来て冬の夕焼けみつめてゐたり

繭のやうなヴィータの中に夫とわれ何百時間を過ごしただらう

この春もさくらは忘《レ》河《テ》を覗きゐむ枝はほの暗き水面に伸びて

吹流し顔はあらねど伸びやかに鯉幟らと泳いでゐたり

小春日の畑に撒かれし肥やしさへ白く湯気立ちうたへるものを

ぐづぐづの林檎のやうなわたくしはサランラップ被りけふに真向かふ

アマゾンで見てしまひたりジップロックに鮨詰めにされ売らるるマウス

狐眼

いそいそと写真教室に行く夫を白き沙漠のわれは見てゐる

食べられて眠れてお通じもあつて家事もこなせてあとなにが要る?

階梯宇宙垂直落下する絶望の　小松左京『果しなき流れの果に』

チャーリーもアルジャーノンも振出しに戻る日絶望はすきとほる

暁闇の真白きサーキュラースカートを広げて踊るゆふがほ四人《よたり》

狐眼と亡母もわれもいはれしが眦は時間とともに垂れゆく

ははの骨拾ひたるはずだが顔がただ熱かつたことしか覚えてゐない

薬師瑠璃光如来よ薬とはひとをひとへに治さむものならなくに

ことりのやうに軽くて小さき身体ならアリエッティの投薬いかに

ほの白き梅林のなかで

スーパーボールのやうに弾めるすずめ二羽かはりばんこに求愛してる

張りつめてレジを打ちしは前世か　もはや疼痛の魚なるわれは

竹の花みたことはなし竹林のクローンの竹のクローンの花

ほの白き梅林のなかでフリスビー投げ合つてゐるとほき夢の距離

ドローンが近づいてゆく東洋のナイアガラみゆ盛り上がるみづ

冷蔵庫のペットボトルの米の減り閲する夕べのわれは切なし

みづのなか垂直にくる鯉がゐて岸に立つわが足をめざすも

胡桃のお父さん

巨いなるあなたは胡桃のお父さん、眠つてばかりゐるやうですね

冷たくて指長いお父さんの手は、手だけが悪戯な生きものみたい

ＣＴの脳の画像は胡桃でもあなたはわたしのお父さんです

温められて

銀色のまつげ、のどぼとけのひかり父はみづから眼を閉ぢ逝きぬ

半開きの父の目淡くああたしかに吾をみてゐると思《も》へば安らぐ

反り返る父の首撫でつづけたりなにを繋ぎとめようといふでもなくて

ずつしりと重き骨箱抱きて乗る膝は亡き父に温められて

ペリット

目覚めれば起動するべき日常は奇怪なるレゴブロックの城

亡父《ちち》の服捨てたり仏とはまこと着ることも食べることもあらず

昨年《こぞ》の夏ひなを襲ひし嘴太鴉《はしぶと》となかよし春のバリケンたちは

吾を去らぬ疼痛とは何　ひよどりが莢豌豆の若芽ついばむ

オミクロン株に籠めらるるうつしよのわれは疼《いた》みに籠められてゐる

半減期おもひつつ吞むＯＤ錠わたしはわたしを操縦したい

かはせみのペリットはバロック真珠のやう未消化の魚の骨なのだけど

薔薇の親

公園のシジフカラ手紙のやうに樹幹の割れ目に吸ひこまれたり

凪いでゐるかと思へばのたうつ波は来てわが疼痛の海に岸なし

薔薇の親とふ庚申薔薇の赤紫、切手のなかに永く咲くみゆ

刺のない木香薔薇の淡黄を亡母は好みて壁に這はせき

〈ピンク・ダブル・ノックアウト〉といふ薔薇のいのちは操作されても芳し

踊り場はどんな階段にもあるべきだ下まで転げ落ちないやうに

渦の中

渦の中まはりながらにすり鉢の渦のうちがは見てゐたる夢

体育館背景にして咲く薔薇の版図はみるたびに伸びてゐるやう

薔薇園の電飾の夜をぞよぞよとひと蠢けば薔薇はしづもる

蜻蛉の虹色の艶追ひ求め夫《をつと》は遠くの沼までゆけり

つまといふ蜘蛛糸のセーター纏ふなく〈真純大姉〉となりたるきみよ

かいつぶり消える、あらはる、また消える小さいけれど自在のからだ

岡田以蔵も好みし雀ゐさ播けば舞ひ降りてくる　可憐で凶悪

炯炯

ゆふがほはうたふオフィーリア霧雨の夜を全開に真白く咲いて

ひまはりは畳みたる黄のはなびらを順順にひらく小包のごと

海原の潮の八百重のわたくしか嗚呼もし時間を見渡せたなら

能登の海で浮輪に乗つて浮かんでたあのとき彼女は楽しかつたらう

冬ばらの真赤き刺は柔らかく師走の午後の風に抗《あらが》ふ

ふかふかの股引穿いた鷹の子の眼は炯炯と巣に親を待つ

烏羽玉

シヤガの白つめたく沁みる虐殺の止まぬ地球のゆふぐれの庭

平泉冷麺に浮く氷片は透明なれば聖なる感じ

幹のうへ縞の上着のコゲラゐて垂直に紅葉の秋に入りゆく

烏羽玉とふ菓子の求肥を押し切りてひとを詠みたるこころ悔やまず

にんげんが秘めたる井戸と炉をおもひ凍れる朝の雪道をゆく

キナリノ

夜をこめてビーズ散らばる音がせりテーブルヤシの花散つてをり

昨夜《きぞ》聴きし坂本龍一のピアノ曲われの疼みのなか溶けてゐる

つよき香の透明な液滲《にじ》みつついのちを叫ぶドラセナの花

むかしの友にメールか電話をと思ふこころを疼みの波押し流す

撫子がひとむらピンクに揺れてゐるそのユニゾンにわたしも入れて

すずらんの小《ち》さきみどりのつの芽ぐむ　列は弱きよ、円になつて生えよ

飾り棚の中なるミッキーのぬひぐるみオムレツ型の口して笑ふ

昼間ひとりでも大丈夫　きみ撮りしかはせみや白鳥を壁中に貼る

生きてゆく毎回がきりぎしの上スマホにスキャンする野菜や魚

むかしのわれの感覚今のわれと遠く水晶玉を覗くやうなり

ひさしぶりの歌会にきらりと光るもの歌腑分けする力にまみゆ

深川めし買ひて高速バス停に「上京」をこつそり味はふ羞《やさ》しさ

たね刮ぎ取ること多き夏である　冬瓜、苦瓜《ゴーヤー》、南瓜に胡瓜

「猿が出た」とふひばりくんメール見せられて窓締めにゆく真夏の夕べ

お彼岸中日ちちははの墓へゆきたればパステルカラーの小菊ありけり

墓石に水かけ手のひら滑らせて水切るすこし上の空のわたくし

しまむらでやうやく夏の服を買ふ「キナリノ」といふ不思議な響き

パンダつ子と呼ばるる混血のひなが池の明るき方泳ぎゆく

萎れゆく白きドリルのつぼみあるゆふがほの鉢に日傘さしやる

隣室に吊せるみちのく風鈴がしづかに鳴る日、岸にゐるわれ

いのち

水平に張り渡されたる白き翼《よく》、朝日に照らされ白鳥来たり

白鳥のひかうき黒い水搔きを二本まつすぐ伸ばして飛べり

飛んできた白鳥は沼でもう飛ばずしづかに嘴を水に浸せる

真珠色の小島が三つ浮かんでる夕影のなかの静かな白鳥

疼みとふ地雷の埋まるわがなづき揺らさず避《よ》くることあまたあり

いのち差し押へられたるごと長き不調の果ての銀髪光る

いのち祝ぐごとく真白き梅のなか止まって小海老を食べるかはせみ

はらはらと羽毛が降ると夫《つま》はいふ樹上でつみが雀を食へば

あとがき

これは私の第三歌集です。二〇一三年に上梓した『サフランと釣鐘』以降の歌を四四八首収めました。歌の大部分は二〇二二年頃までのものですが、一部近作も入っています。構成の基本は編年体でしたが、編んでゆくうちに歌をいくつも入れ替えながら必ずしも時系列通りではない意識の流れを繋いでゆくような体裁になりました。

最後まで読んでくださった皆さまには心から感謝いたします。

「かりん」に入会して来年で二十年になります。いつもお世話になっている馬場あき子先生、また日ごろより地元の支部でも大変お世話になっている米川千嘉子さんと坂井修一さんをはじめ「かりん」の諸先輩方と、短歌を通してかかわりのあるすべての皆さまに深く感謝いたします。そして亡き両親と夫に、感謝を込めてこの歌集を捧げます。

このたびの出版にあたっては國兼秀二さんと菊池洋美さんをはじめ短歌研究社の皆さまと装幀をお引き受け下さいました花山周子さんに大変お世話になりました。心より深く御礼申し上げます。

二〇二四年三月八日

浦河奈々

著者略歴

1966年　茨城県生まれ
2005年　歌林の会入会
2007年　短歌研究新人賞次席
2009年　かりん賞受賞
同　年　第一歌集『マトリョーシカ』上梓
2010年　同歌集にて第十回現代短歌新人賞受賞
2013年　第二歌集『サフランと釣鐘』上梓
現代歌人協会会員

検印
省略

かりん叢書第四三二篇

二〇二四年六月十二日　印刷発行

歌集　硝子《がらす》のあひる

著者　浦《うら》河《かわ》奈《な》々《な》
発行者　國兼秀二
発行社　短歌研究社
郵便番号一一二—〇〇一三
東京都文京区音羽一—一七—一四　音羽YKビル
電話〇三（三九四四）四八二二・四八三三
振替〇〇一九〇—九—二四三七五番
印刷・製本　シナノ書籍印刷株式会社

ISBN 978-4-86272-771-8 C0092